ANDRÉ L. ZIMPECK DE REZENDE

OS OITO DA CABANA

1ª Edição

Florianópolis
André Luiz de Rezende
2021

Copyright © André Luiz de Rezende, 2021.

Todos os direitos reservados e protegidos pela Lei 9.610, de 19/02/1998. É proibida a reprodução total ou parcial sem a expressa autorização do autor.

ON THE BANK OF THE SEINE, BENNECOURT; Monet, Claude; 1868.

Dedicado a

"Minha vida em tua vida..." Quando casei achava que era para sempre, mas, nunca temos real certeza sobre o amanhã. Chegamos, estamos aqui, juntos e reforçados pela presença de dois anjos guardiões de nossa união.

Se uma entidade me questionasse quanto a 'Teoria do Eterno Retorno de Nietzsche', conheces minha resposta: sim, quantas vezes for possível.

Amo vocês! Luana, Arthur e Lucas.

THE ARTIST'S HOUSE AT ARGENTEUIL; Monet, Claude; 1873.

Curiosidades sobre esta obra literária:

1 - Escrita integralmente durante a pandemia global COVID-19 (2020/2021);

2 - Obra produzida e digitada totalmente em bloco de notas do celular;

3 - Livro divulgado, distribuído e comercializado, preferencialmente, através de aplicativos de mensagem.

Pensando em uma experiência completa, o autor salvou uma lista de músicas que o ajudaram na inspiração para a obra literária.

Divirta-se!

- https://deezer.page.link/TYjT2vTEmJjNtpqQA
- https://youtube.com/playlist?list=PL6T7kWbFrjmXZ1-zJkv9S8xovjrpxyor0
- https://open.spotify.com/playlist/7yDjK1ZOF6naR8AGec1Nxc?si=zUjVsUU8SrqOWt5QFCuWxw&utm=&nd=1

CLIFF WALK AT POURVILLE, pintura a óleo; Monet, Claude; 1882.

MAHANA NO ATUA (Day of the God),
pintura à óleo; Gauguin, Paul; 1894.

PARTE 1

SUNSET ON THE SEINE AT LAVACOURT, WINTER EFFECT, pintura a óleo; Claude Monet; 1880.

"Os covardes morrem várias vezes antes da sua morte, mas o homem corajoso experimenta a morte apenas uma vez."

- William Shakespeare

Cientificamente comprova-se que a cada sete anos, todas, absolutamente todas as células do seu corpo são naturalmente trocadas. Então, se você começar a ler esse livro hoje e optar por guardar sua conclusão para sete anos à frente, a pessoa que começou a leitura será a mesma que terminará?

Dizem que a passagem do tempo é relativa, ou seja, depende de condições, por isso entendo porque há pessoas que identificam no tempo um inimigo, uma armadilha ardilosamente construída com intuito de distração. Para esses, o tempo seria uma abstração, uma quimera, uma provocação filosófica que escurece o real sentido da vida. Há furo na teoria, assim como há falhas na passagem do tempo, imperfeições, por isso, na primeira noite desta narrativa, noite densa e profunda, um destes que briga com o tempo, já acordou com a sensação de déjà-vu? Sonhou, ou achou que sonhou, com aquela sensação de já estar acordado, com direito as ansiedades e expectativas de quem já se levantou. Sentiu até o aroma de café, a fome da manhã, mas, era um sonho, foi acordar de verdade alguns segundos depois.

Não iremos construir o enredo entrecortado por capítulos, será num fôlego, com um pequeno espaço para reflexão, como aquela parada na estrada que encontramos após longos quilômetros de uma viagem. Afinal, não é esse o objetivo principal de um livro? Fazê-lo viajar dentro de si? Não é a vida uma viagem?

Quarto escuro. Bem escuro ao ponto de não fazer tanta diferença a posição das pálpebras. Tateou até a maçaneta, esbarrou o joelho na cômoda, abriu a porta e vislumbrou a luz amarela do poste pelas frestas da janela no outro lado da sala.

"Perdi a hora?" Não, definitivamente não. Ainda eram 'cinco e meia', 'cinco e meia' de uma manhã especialmente escura. Pouca luz e resistência corpórea involuntária para cair no necessário banho.

Preparação que não se pode demorar. O ônibus parte às 06h30min. Tomou banho apressado, olhou as crianças dormindo do batente de entrada do quarto, deu comida para o gato muito mais para cessar os miados que por intimidade ou carinho, comeu um pão de ontem antes de colocar um bilhete preso com imã na geladeira:

"Bom dia! Não esqueça que acabou o feijão. Te amo! Assinado..."

Aqui temos nossa primeira imposição histórica e cultural. Você como leitor espera que o escritor te presenteie com o personagem completo, incluindo até o batizado. Acredite, o nome não é o mais importante, mas, como não conseguiríamos ouvir a opinião de todos e somente para efeito de padronização aqui vai sem pia batismal, mas, com um aviso que na próxima, se não houver nome ou faltar alguma descrição que considere fundamental, invente.

Assinado... João. Por que João? Porque João é Brasil, é simples e simplicidade é tudo, acredite.

Deixou a casa apagada para trás e aquele cheiro do abrigo, não é odor nem perfume, é simplesmente cheiro. Uma mistura das nossas coisas, com nosso cheiro e com o de quem mora com a gente, que forma um tipo especial de essência que só sentimos quando estamos em casa. Cheiro que só reconhecemos no nosso canto. Cheiro extrassensorial de lar.

Percorreu as primeiras ruas internas do bairro sem dar com gente. Viu o perfil de um vira-lata dormindo ao pé da porta de aço do açougue. O ruído de uma bicicleta em outra rua e somente quando dobrou a quadra do ponto de ônibus percebeu que não era o único com obrigações matinais.

O ponto, ou, respeitando-se o regionalismo, parada de ônibus, era como oásis na encruzilhada de quatro ruas. Nada oficial ou construído de forma projetada, apenas, uma árvore frondosa cobrindo um chão de terra batida. Esse era 'o ponto'. Bem protegido do sol quando tempo bom, nem tanto quando chovia.

Atravessou a rua, barulho das portas do comércio começando a abduzir os primeiros funcionários, os urubus esperando sua hora de voar com menor esforço no alto dos postes.

O que é o Urubu? Se fosse gente, seria alto, seria forte, mas, com certa preguiça ou digamos falta de iniciativa para começar algo sozinho. Espera pelo sol, ar quente para voar com mínimo esforço e, durante o dia, o que aparecer para comer lhe convém. Divide pela total impossibilidade de afugentar tantos iguais, porém, é um voador egoísta. Tem algum urubu agora perto de você? Trate de afugentá-lo, antes que tente te devorar, começando por engolir suas palavras e idéias.

No ponto havia a fila nada inesperada. Moravam em um bairro afastado de uma cidade dormitório. Era necessário pegar o ônibus antigo, porém do tipo rodoviário, para fazer uma viagem de mais ou menos 'hora e meia' dividida em três trechos mais ou menos assim: primeiro terço tranqüilo e sem movimento pelas ruas da pequena cidade, segundo terço de subidas e decidas em estrada sinuosa por uma pequena Serra, e, finalmente, o trecho mais entediante pelas ruas absurdamente engarrafadas do centro urbano da metrópole.

Naquele dia, por ter chegado ainda antes do horário de saída, prestou especial atenção na fila de passageiros. A maioria de anônimos reconhecíveis, ou seja, gente que se vê todo dia, que se sabem quem é, mas, que são socialmente ou oficialmente desconhecidos.

Na ponta da fila, Seu Otávio. Desse, em especial, todos sabiam o nome e nem vamos fazer o exercício de adivinhação feito com o João, pois, o Senhor Otávio não poderia mesmo ter outro nome. Daquelas pessoas que nascem respeitosas, chamado de Senhor desde seus 20 anos. Camisa manga curta branca de botões, cientificamente passada. Três canetas no bolso. Contador trabalhando em escritório de contabilidade ao longo dos últimos 15 anos. Família perfeita quando olhada de fora, pois, não há mesmo família ou reputação que resista a boa olhada com lupa, não é mesmo? Casado, com filho único esforçando-se para entrar na Universidade. Otávio paga tudo à vista, não tem cartão de crédito, rede social ou dívidas. Nunca jogou, não bebe, não fuma e doa sangue.

Logo na seqüência, uma daquelas personagens importantes ao ponto de ser descrita, mas, não ao ponto de ganhar um nome. Loira, magra, alta, impossível de não ser notada por outro ser vivo independente do gênero, faixa etária ou religião. Bonita. João sempre que pega o ônibus, sempre que se dirige a fila, movimenta-se como um periscópio até encontrá-la. Se ele não fosse casado, se não tivesse filhos, se não ganhasse tão mal, se ele não tivesse apenas um coração a bombear-lhe sangue pelo corpo. Curioso que era a pessoa que mais olhava, todavia, que menos sabia a respeito. É casada? Têm filhos? Mora ainda com os pais? Irmãos? A única coisa clara parecia o fato de que estava se locomovendo para o emprego, afinal, quem estaria ali naquele horário se não fosse movida por forte obrigação?

Depois, mais para o meio da fila, Marcelo contava as notas que pagariam a passagem. Jovem promissor empreendedor do alto de seus 26 anos, contava duas falências. A última ainda mais dolorida, pois, ocorrera somente seis meses após seu casamento. Um dos trunfos de seu enlace com uma jovem de classe alta era justamente a certeza absoluta que depositava em sua última idéia de negócio. A falência e a pressão em casa pela manutenção de um forte padrão de vida fizeram-no experimentar uma amarga novidade: a insegurança. Inseguro, porém, altivo. Faliu sem perder a pose, a arrogância ou prepotência.

Sensação de que vai estar tudo bem em qualquer viagem se a Dona Olga estiver presente. Senhora religiosa da primeira fila em todas as missas. Ajuda na igreja, canta o bingo, vende cartela, monta barraca na festa de São João, beata raiz de pedigree. Ninguém entende muito bem até hoje como Dona Olga é casada com um homem que vive na 'birosca' e, para completar, um dos filhos é uma espécie de ajudante do tráfico. Santo de casa? No caso, Santa.

Logo, Alfredo, o motorista, se apressa para dentro do ônibus. Corpo esguio, bigode, toalha no ombro, garrafinha de água mineral, cobertura de bolinhas no banco e tudo mais a que o estereótipo de motorista de ônibus necessita para estar completo. Homem simples, ignorante para todos os temas sensíveis da vida moderna, abandonou os estudos ainda aos 12 anos, labutou como fera, engraxate, caixas de frutas no mercado público, biscates aos fins de semana como pedreiro, formou duas filhas, pedagogia e enfermagem. Orgulho!

A fila começa a ser digerida pela boca aberta do coletivo, ao passar pelo assento do motorista nota, pela enésima vez, os avisos tradicionais existente no transporte coletivo.

Colados em decalque amarelo junto à caixa de marchas:

Aviso nº 1: fale ao motorista somente o indispensável

Aviso nº 2: o desfecho dessa viagem está ligado à forma como você interpretará os acontecimentos.

Ninguém absolutamente normal começaria uma viagem de ônibus rotineira, severamente preocupado. As preocupações normais em um dia cotidiano seria não estar atrasado, se haverá engarrafamentos e, no máximo, se o veículo poderia sofre alguma falha mecânica. Há uma máxima americana que correlaciona as mentiras com as estatísticas, mas, é estatisticamente mais provável morrer em um acidente de barco ou bicicleta que em uma viagem de ônibus. Para ser mais preciso, a cada 4.400.000 viagens há um evento morte, proporção praticamente igual a possibilidade de morrer por ser canhoto utilizando equipamentos desenvolvidos para pessoas destras.

João sentou-se na fileira janela, lado calçado, nas posições intermediárias do ônibus. Dona Olga na frente, quase pilotando com sua fé o 'busão'. Marcelo logo atrás de João. Otávio no fundão, ao lado da porta do banheiro, gostava da posição por ser quase impossível de ali ter que dividir o assento com companhias indesejáveis. Quais companhias indesejáveis? Para Otávio praticamente todas. João tentou atrair, com a força do pensamento, a Loira que entrava desfilando pelo corredor, mas, sua cobiça sentou-se na janela oposta do outro lado do ônibus. A vaga do lado da Loira foi ocupada pela filha universitária de um amigo de infância de João. Ao lado de João sentou-se Pedro, alto, magro, negro, que deixara há muito a classe média, mas, preferia trocar o carro e as longas filas dirigindo, por momentos de leitura e tranqüilidade no ônibus até seu escritório.

As demais posições do ônibus foram quase que completamente ocupadas. João ainda viu, por sua janela, o jovem Afonso, vendedor de balas e amendoim, desistir de entrar no ônibus após por o pé esquerdo no primeiro degrau.

"Não vai precisar de dinheiro hoje Afonso".

"Esqueci minha caixinha de som". Afonso usava como técnica de vendas tentar convencer os passageiros dramaticamente enquanto sua caixinha entoava algum louvor. "Eu poderia estar matando, eu poderia estar roubando, mas, estou aqui levando a palavra de Deus..."

"Vou no próximo". Gritou Afonso.

A caixinha de som de Afonso foi o seu bater de asas da borboleta. Efeito borboleta seria a intrínseca dependência que existe entre causa e efeito na Teoria do Caos. Assim, qualquer pequeno detalhe que aconteça e altere as características iniciais e esperadas de um evento, o bater de asas de uma borboleta, por exemplo, pode ter efeito, conseqüências que alterem, completamente, o resultado esperado para um acontecimento. Afonso jamais havia esquecido seu equipamento de trabalho nos últimos três anos, hoje, somente hoje, distraiu-se e não pegou o som.

Restou o lugar ao lado de Otávio, que repeliu companheiros utilizando-se da proximidade do banheiro e da força inconteste de seu pensamento repulsivo, e, mais umas três ou quatro poltronas.

Havia maioria de jovens e adultos jovens, mas, era possível perceber idosos e algumas crianças e, até mesmo, um bebê. Havia uma senhora obesa, bem obesa, que com sua latitude bloqueava involuntariamente toda a extensão do corredor, sobre quem João deixou escapar um pensamento que não sabe, até hoje, se chegou a virar fala: "se o ônibus enguiçar preciso sair antes dela".

A primeira parte da viagem, decorrida por ruas tranqüilas e arborizadas da pequena cidade dormitório, serviu como missa, documentário após almoço de domingo, meditação, leitura na cama, rede balançando ao vento, sono, pálpebras pesadas. Mais da metade do ônibus dormia enquanto Alfredo, o motorista, trabalhava.

João costumava permanecer acordado durante toda a viagem, tanto que conseguia identificar cada pessoa, associada com cada uma das ruas, praças e esquinas do caminho diário.

Na primeira descida pouco mais acentuada, naquela rua estritamente residencial com comércio somente na esquina, que escondia atrás de algumas árvores uma bucólica praça e que detinha aquela pequena praça, em seu centro, como atração principal, um pequeno campo de futebol de terra avermelhada batida, João observava com especial interesse um pai, segurando uma bola em uma das mãos e, na outra, conduzindo seu filho.

Filho geralmente interpreta-se por criança. Não era o caso. João observava um pai aparentando próximo de seus 60 anos com um filho adulto, talvez 30, 40 anos, portador de alguma debilidade mental, cumprindo uma rotina quase sagrada de passeio matinal.

João tentava ler pessoas e situações. Quanto mais difícil, misteriosas ou secretas as situações, mais aguçava o instinto de João. Qual será a deficiência do eterno menino? Quanto tempo de vida resta ao zeloso pai? Vale a pena esforço aparentemente feito em razão de alguém que não detém discernimento sadio ao ponto de valorizá-lo? O pai morrerá antes do filho? Quem cuidará daquela eterna criança? Que tamanha dor o zeloso pai sentiria se, por trapaça do destino, o filho mais jovem fosse embora antes?

Após poucos semáforos, parecia que todos os caminhos, ruas e avenidas do pequeno bairro desembocavam na estrada de subida da pequena, porém bastante sinuosa Serra. Era manhã de dia parcialmente claro, ônibus antigo, no entanto de manutenção provável e confiável, conduzido por motorista experiente.

Subida, curva, curva, subida, leve neblina, névoa, curva, ônibus lento, olhos pesados.

O ponto culminante de subida da pequena Serra era tão curioso quanto bucólico e icônico para os moradores do pequeno bairro. Havia uma modesta hospedagem semi-abandonada denominada 'Cabana', ladeada por um trailer de lanche e um cinema 'Drive - in'. O pequeno hotel parecia não hospedar mais ninguém, o lanche só abria nas noites de sexta e o 'drive - in' anunciava festival Hitchcock. Resumindo, assemelhava-se a uma locação fantasma de filme de terror trash dos anos 80.

O ônibus iniciou sua descida exatamente no mesmo momento em que o tempo parcialmente bom, subitamente, virou. Escureceu rapidamente e o vento forte passou a provocar barulho dos galhos mais salientes das árvores nas janelas do ônibus. Movimento de pessoas fechando, apressadamente, as poucas janelas abertas.

Dona Olga, que de boba não tem nada, sacou o terço bizantino da bolsa. Bizantino? Conhece? "Jesus me ajude" (repita 10x). São 50 contas dos mistérios do terço. Pesquise, pode te ajudar um dia.

O ônibus decorreu lisamente pela primeira curva, Alfredo deslizou as mãos sobre o volante para a outra direção, curva para a esquerda, obedecendo a Newton, corpos levemente para fora em força centrípeta. Pingos grossos no pára-brisa. A velocidade aumentou, como que se sucedesse um descarrilamento, uma liberação de forças após forte estalo metálico, o ônibus desembestou-se na descida, agora, quase descontrolado.

"Valha-me Deus", alguém gritou.

Choro de criança. Grito de mulheres. Homens implorando pela atenção do motorista. "Oh motorista?" Alfredo, coitado, a essa altura era 'passageiro da agonia' tentando, em vão, frear a besta fera de metal que, em tranco forte das rodas, subiu o canteiro central, pêndulos de um lado ao outro, parecia que iria tombar, invadiu a faixa contrária, miraculosamente não bateu em ninguém, invadiu o acostamento do outro lado. Dentro do ônibus, alguns mais frágeis já haviam desmaiado pelo balançar do ônibus que provocara batidas das cabeças contra as janelas. Vidros quebrados. Porta do banheiro batendo. Dona Olga jogada no vão da escada de entrada. O ônibus resvalou em uma árvore do lado esquerdo, atropelou alguns arbustos e livrou-se de qualquer obstáculo em direção a temível ribanceira.

Desceu com violência, aos pulos de cabra louca, não capotou por milagre, descrevendo uma reta quase perfeita na descida descontrolada.

Enquanto descia com violência passando sobre vegetação rasteira e chão irregular, pela velocidade, inclinação e solavancos alguns corpos e bagagens foram arremessados e ficaram dramaticamente caídos pelo caminho.

Ao colidir com uma pedra gigantesca o ônibus parou, ou melhor, ancorou. Levantou a traseira mais de um metro do chão, voltou a cair sobre as rodas. Ao parar pegou fogo. Ao pegar fogo, quase instantaneamente, explodiu.

TE BURAO (The Hibiscus Tree); pintura à óleo; Gauguin, Paul; 1885 - 1895.

PARTE 2

THE SCREAM, pintura; Munch, Edvard; 1893.

"Gostaria de dizer para você que viva como quem sabe que vai morrer um dia, e que morra como quem soube viver direito."

- Chico Xavier

Acidentes geram sentimentos primitivos, quase selvagens. O primeiro instinto que, talvez, seja provocado por um acidente seja a perplexidade. Assim como ocorre na natureza selvagem, quando um leão pula na frente de uma zebra, por exemplo, a nano segundos de paralisação real do universo. Parece que os envolvidos entraram em um rolo de filme 'Kodak 36 poses' e foram revelados. Há congelamento das ações. O cérebro bloqueia o corpo.

Outro efeito humano provocado por um acidente é atração apaixonada pela desgraça alheia. Neste ponto vale ressaltar que a atenção nem sempre é a mesma. Depende do tamanho e da gravidade da desgraça. Diria que em uma escala fantasiosa, uma topada pública geraria 10 segundos de olhares curiosos, por outro lado, uma queda de um ônibus quase lotado, na encosta de uma Serra movimentada entre duas cidades, por mais de 500 metros, geraria muita atenção, de muita gente e por muito, muito tempo.

Então, logo o acostamento da Estrada ficou lotado de carros, motos, ônibus, caminhões, bicicletas, pessoas, maioria apenas curiosos. Logo, os primeiros afoitos, ainda antes da chegada dos bombeiros ou qualquer outro socorro, começaram a descer em direção ao metal em brasa.

Cena de filme de ação, desses de alto orçamento e fortes cenas com efeitos especiais.

Havia forte e densa fumaça escura próximo aos destroços principais do ônibus, quase impossibilitando uma visão normal da área. Era difícil manter-se de pé devido ao forte declive. No caminho, os primeiros a descer depararam-se com corpos espalhados pelo caminho, como uma espécie de trilha macabra até o veículo. A maioria estava morta ou aparentemente morta.

Havia um cheiro absolutamente repugnante de carne humana queimada no ar. Alguns voluntários começaram a vomitar e, logo depois, levaram um susto quando perceberam o barulho e o espalhamento da fumaça provocado pela aproximação de um helicóptero de resgate.

Um dos curiosos que tiveram a ousadia de descer, em uma atitude desumana, antipática e quase marginal sacou o celular e passou a gravar o desespero alheio.

Alguns vídeos produzidos pelo 'animal de duas patas' viralizaram absurdamente, alcançando milhares de visualizações em pouquíssimos minutos. Em um desses vídeos, com pouco mais de 30 segundos, era possível ver a câmera tremida apontando, inicialmente, para a relva suja, combustível espalhado, roupas pelo chão, a câmera ganha foco encontrando-se com um corpo mutilado e, aparentemente, sem vida no chão e, ao subir dando leve zoom, depara-se com outro passageiro, preso nas ferragens, ainda sentado no que sobrara de sua poltrona, gritando ou, apenas, com as mandíbulas travadas em posição de grito, em chamas como se fosse uma escultura em cera derretida, macabra, em tons encarnados como uma espécie de tocha humana.

Será característica da natureza humana regozijar-se com o infortúnio alheio ou esse efeito advém da modernização de nossas relações sociais? Em 27 de março de 1964, uma matéria do The New York Times chocou a sociedade americana. O Jornal dizia que 38 cidadãos, responsáveis, cumpridores da lei, assistiram durante mais de meia hora uma vizinha receber dezenas de facadas sem chamarem a polícia. Se a vontade de compadecer-se com a dor alheia tivesse sido maior que a curiosidade, a mulher, Kitty Genovese, não teria morrido.

O cenário virou uma versão não literária do Inferno de Dante, sem certeza quanto à seqüência em purgatório e paraíso. O pátio da hospedaria Cabana virou heliponto e o estacionamento do 'drive - in' acomodou as ambulâncias, viaturas e carros de reportagem. O país parou diante de tamanha tragédia, quem sabe, não somente pela gravidade em si do ocorrido, mas, quiçá, principalmente, pelo fato das grandes tragédias atuais, modernas, serem cercadas por mais atenção, mais mídia e, notadamente, mais imagens repugnantes e ousadas.

Os bombeiros apagaram as chamas e através da montagem de uma via de cordas começaram, um a um, a içar os sobreviventes ou corpos das vítimas.

Os poucos que ainda apresentavam sinais vitais foram encaminhados para o Hospital Central da cidade que dispunha, além de UTI, de uma unidade especial para tratamento de queimados.

A edição do principal telejornal do país iniciou sem que se soubesse, oficialmente, o número total de vítimas ou se, por outro lado, havia um único sobrevivente sequer dentre os 54 passageiros, além, também do próprio Alfredo motorista.

Naquele interstício de tempo, é importante que se diga e que você, nobre leitor saiba, que se abre aqui uma lacuna, um vácuo no espaço tempo em que as pessoas envolvidas não estão mortas devido ao extremo acreditar dos familiares e amigos, e, nem vivas devido a incredulidade provocada pela gravidade chocante das cenas e do acidente.

É um não 'se estar'! Não estar oficialmente morto e nem absolutamente vivo. A família chora a dor da incerteza, pela força do acontecimento. Talvez seja choro mais forte, mais intenso e mais doído do que o choro da morte irremediável.

No final da noite do acidente, por volta das 23h, o primeiro boletim oficial reportava somente oito sobreviventes.

Sobreviveram milagrosamente, apenas, o João, o Alfredo, o Otávio, a Olga, o Marcelo, a Loira bonita, a Jovem Universitária e Pedro, o negro elegante. Todos os demais 47 passageiros morreram no acidente. Dos 47, 12 ainda foram levados com vida, mas, morreram a caminho ou no próprio hospital.

Interessante que se perguntarmos para a família dos sobreviventes ou para os próprios haverá sempre uma tentativa de explicar ou achar racionalidade no imponderável. Quem ainda não ouviu um relato do tipo: Fulano sobreviveu porque a fé de sua mãe o salvou. Cicrano sobreviveu porque estava sentado no lugar certo. Mas, no caso reportado, haveria mesmo explicação para a seletividade aparentemente randômica para o resultado sobrevivência?

Por ironia do destino, o Hospital Central da cidade era, também, local de trabalho da filha enfermeira do motorista Alfredo.

Os oito sobreviventes passaram, ao todo, em média, 120 dias ou, aproximadamente, quatro meses em tratamento intensivo. Ao todo, levaram seis meses para, pouco a pouco, um por um, deixarem para trás o hospital, as visitas programadas, a fisioterapia, a fonoaudiologia, exames, imagens, cirurgias, a reabilitação respiratória, necessária principalmente para reverter os efeitos das queimaduras internas provocadas pela forte fumaça, os apitos agudos dos aparelhos de monitoramento, pressão sanguínea, nível de oxigênio no sangue, saturação, e, finalmente, para se livrarem da forte atmosfera criada pelo cheiro de éter dos hospitais. Milagrosamente, todos foram salvos com ausência completa de qualquer seqüela. Foram os escolhidos? Escolhidos em detrimento de todos os outros passageiros e familiares? Há mérito no acaso?

Quando retornaram a rotina quase normal no bairro de origem, os oito sobreviventes decidiram criar um grupo em aplicativo de mensagens. O grupo logo evoluiu para um encontro semanal, todas as quintas-feiras, na casa de um deles. Haveria rodízio de local, mas, nenhuma tolerância com faltas ou adiamentos. O Marcelo chegou a faltar ao segundo encontro, estava fazendo pré-natal com a esposa, mas, ainda dentro do primeiro ano do acidente, o encontro tornou-se obrigação, todos iam e todos desfrutavam estar ali. Viraram um grande grupo coeso de amigos, não seria exagero dizer quase uma extensão das famílias.

Algo em torno de 11 meses após o acidente, ou seja, aproximadamente cinco meses após deixarem o hospital, algo diferente e inusitado ocorreu durante um dos tradicionais encontros do Grupo dos Oito. Aliás, para forçar a intimidade seria mais oportuno utilizarmos o nome oficial que os próprios deram ao grupo no aplicativo de mensagens: Grupo 'Os 8 da Cabana', em alusão ao pequeno hotel que serviu de base para remoção de seus corpos quase sem vida para o Hospital.

O encontro ocorria, por escolha aleatória, na casa de Otávio. Havia uma área consideravelmente boa, grande, na parte de trás da humilde, porém, arrumada residência. O próprio Otávio conversava meio de costas por estar pilotando a churrasqueira. João e Olga conversavam sentados na mesa logo atrás da churrasqueira. Em pé, espalhados ao redor da grande mesa de madeira retangular, os demais deixavam suas conversas paralelas para prestar especial atenção ao relato de João.

"Certo dia" prosseguiu João, "ainda na UTI, naquele período em que alternamos sonos profundos com suspiros de consciência, ao cochilar pela enésima vez em uma tarde, acabei tendo um sonho muito misterioso e para lá de intenso".

Era como vida real, mas, sonhei que acordava normalmente no leito de UTI. Não sentia mais absolutamente nada. Corpo leve, funcionamento normal. Única coisa estranha, diferente era a escuridão do quarto. De repente, a porta se abriu, entrou, se esgueirando, uma figura com feições humanas, diria que um humanóide, humano quase normal, mas, com uma característica peculiar, media uns 3 metros de altura.

A pessoa, ou melhor, o Ser pegou minha mão e, magicamente, saiu comigo do quarto. "Fora do quarto, saímos pelo corredor e alcançamos a parte de fora do hospital..."

"Estávamos em uma montanha" emendou Pedro.

"Sim, havia um forte cheiro de jasmim, flores, girassóis, um sol lindo, dia fresco"... Completou a Loira.

"Como assim?" Retornou João. "Parece que todos aqui tivemos exatamente a mesma experiência, o mesmo sonho?"

Sim, tanto que Otávio, virando-se da churrasqueira, prosseguiu:

"Subimos o monte, lá no cume o ambiente mudou. Tornou-se desértico, arenoso, pedregoso."

"Pássaros, lembro dos pássaros, eram muitos, cantadores e coloridos", disse Olga.

Seguiram alternando a narrativa do sonho no nível pré morte e cada qual, quando de sua vez, acrescentava maiores e melhores detalhes, cores, aromas, brisa, céu.

No final do sonho, ao alcançar o alto do pequeno monte, a figura do humanóide gigantesco iniciava a escavar, com as próprias mãos, a areia solta atrás de uma grande rocha. Quando a silhueta de uma pequena placa aparecia protuberante, o gigante indicava que era hora do sonhador prosseguir.

Assim, a Jovem Universitária quando desenterrou sua placa observou escrito o número 12, gravado em algarismos romanos,

XII. Voltou-se a figura do gigante gentil para questionar o que a placa significaria. O homem passou apenas a sorrir e a se distanciar andando de frente para a jovem, de costas para o belo horizonte até desaparecer e o sonhador despertar com uma agradável sensação de plenitude, de verão, de vida.

Pedro revelou que sua placa estava esculpida com o número 40, em escrita arábica mesmo.

Olga 20

Loira 35

Marcelo 5

Alfredo 12

Otávio 25

Faltando somente a revelação do numeral descoberto por João, todos se voltaram para ele que emendou um singelo: "não sei".

"Como assim não sabe?"

"Não sei. Lembro claramente de tudo, mas, na hora exata da revelação da placa, some tudo. Aparece a placa atrás de um borrão. Era isso que queria dizer, inicialmente, para vocês. Que tive um sonho, que foi maravilhoso, mas, que havia um mistério".

O encontro da revelação do sonho, definitivamente, prolongou-se além dos demais. O que significaria tudo aqui? Primeiro, como seria possível pessoas diferentes, com idades e origens diferentes, religiões e crenças díspares, terem o mesmo sonho que, a priori, revela experiências do nosso próprio subconsciente? Como explicar um sonho com cores, cheiros? A mesma figura misteriosa? E as placas? O que significam? Os números?

Tentaram ligar pontos, concatenar informações. Ligar os números com as idades, endereços, data de nascimento, somar as placas, e, embora inicialmente algumas dessas tentativas aparentassem algum suspiro de racionalidade e significado, terminaram a noite sem conclusão plausível para o sonho espetacular. Como disse Mário Quintana: "Sonhar é acordar-se para dentro", outros poetas diriam que viver é sonhar intensamente, então, sabiam que de alguma forma, precisavam acordar!

LE RETOUR DE CHASSE DE DIANE, pintura; Boucher, François; 1745.

Como o encontro rendera demais, decidiram marcar o próximo somente para dali duas semanas, pois, na quinta-feira após duas semanas seria um dia 13 de março, ou seja, exatamente dois dias após o aniversário de 1 ano do acidente, dia 11 de março, terça-feira. Assim, fariam o encontro e comemorariam a nova data de nascimento de todos, conforme se referiam ao dia do acidente, dia do "Nascemos de Novo".

Dentro do grupo, apesar da forte união criada entre todos, obviamente, por tratar-se de um grupo social, havia naturais preferências e maior proximidade, por afinidade, entre alguns participantes. Assim, por exemplo, da mesma forma aleatória com que acabaram fazendo a viagem lado a lado, tanto a dupla João e Pedro, quanto a dupla das poltronas do lado oposto, Loira e Universitária acabaram se aproximando ainda mais do que com o restante.

Assim, não foi surpresa quando na manhã do dia 11/03, o telefone da casa da Loira tocou às 07h48min da manhã, enquanto preparava um shake para sua corrida matinal.

"Alô"

Voz fraca, trêmula do outro lado da linha.

"É a Marisa, mãe da Aline. Aline morreu, Aline morreu..." Gritos envoltos em choro de desespero até o cair da ligação.

Aline, saudável, universitária da 7º fase de Direito, jovem, sobrevivente do acidente colossal da Serra, morreu aos 23 anos de idade.

Aline havia se recuperado plenamente do acidente. No momento em que Alfredo perdeu o controle do ônibus e a velocidade começara a aumentar, Aline e a Loira companheira de poltrona, foram os primeiros corpos lançados para fora do veículo. Apesar de provocar múltiplas fraturas, por outro lado, não tiveram seqüelas provocadas por queimaduras ou infecções mais sérias decorrentes disso. Jovem, boa recuperação, viveria décadas certo? Errado. Sobreviveu, apenas, mais um ano, entrecortado por severa internação hospitalar, pelo retorno a faculdade, volta à rotina com o namorado de infância, algumas idas ao cinema, planos de viagens não realizadas, sonhos de montar sua própria família e ter filhos. Três filhos. Não rolou. Ao dormir na segunda, feliz, saudável e leve, não sabia que simplesmente não acordaria na manhã seguinte. Por quê?

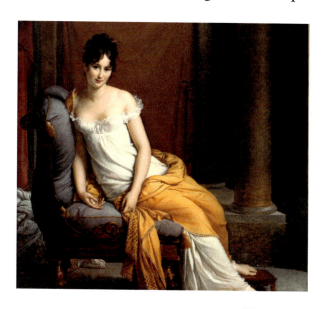

PORTRAIT DE JULIETTE RÉCAMIER, pintura a óleo; Gérard, François, baron; entre 1802 e 1805.

O Grupo dos 8 da Cabana se reencontrou antes do esperado no infortúnio do inesperado e inusitado enterro da caçula do grupo, na quarta, e, logo depois, novamente, na noite de quinta-feira, conforme estava previamente combinado.

Ao buscarem sentido para a morte de Aline, chegaram à conclusão, quase unânime de que a única explicação era uma correlação com os sonhos e que as placas revelariam a data de suas mortes ou o prazo de vida que ainda lhes restava a partir do acidente.

"Impossível. Não viaja gente". Bradou João. "Lembrem que nem vi a tal da placa. Não lembro ou não vi. Então, como seria no meu caso, viveria para sempre ou morreria a qualquer momento?"

Marcelo assiste a tudo desolado no canto da sala da casa de Olga.

"Pelo sim, pelo não, vou ligar para o banco e meter um seguro. Malandro é malandro". Disse Alfredo.

"Vais doar 12 anos ao banco. Faça daqui a 10 anos então". Completou Otávio com o inarredável espírito de contador.

Marcelo seguia taciturno. Balbuciou: "Caraca, ferrou. Vou embora aos 31 anos? Pô, meu bebê ainda nem chegou."

Caso as tábuas contivessem mesmo, como estavam convencidos, a data fatal de suas mortes, com anos somados a partir do acidente, Aline morreria aos 23 anos como, dramaticamente, se concretizou.

Marcelo aos 31, Alfredo aos 62, Olga 80, Otávio 70, Loira 52, Pedro 83 e João, bem, está mais ou menos como todos nós, ninguém sabe, mas, a ele foi dado um atributo adicional, a esperança da lembrança, a qualquer momento, do número contido em sua placa.

O que você faria se soubesse a data exata da sua morte? Melhor viver sem ter noção? Ou viver fingindo que não irá acontecer nunca? Se você soubesse sua data, o que faria com a informação? Viveria intensamente ou, devido à pressão psicológica, colocaria tudo a perder?

Marcelo, por exemplo, premido pelo amor supremo da paternidade, largou todos seus vícios, procrastinações. Eliminou absolutamente tudo, tudo que pudesse ser minimamente confundido com perda de tempo. Virou uma máquina, um robô. Trabalhou incessantemente em 2, 3 empregos por dia. Juntou até as moedas que encontrava no chão do metrô, ficou absolutamente obcecado pela idéia de conseguir prover toda a existência de sua pequena filha por todo o sempre.

"Não vai te faltar nada". Faltou! Devido à forte carga de trabalho, quando faleceu aos 31 anos, Marcelo não possuía praticamente convívio algum com sua família. Quando a data da placa suplicou seu último suspiro, sua esposa já estava namorando outro homem e sua filha o esqueceu quase completamente poucos anos após sua partida.

Como Marcelo morreu? Exatamente da mesma forma como

morrera Aline. Ao deitar-se, calmo, tranqüilo e, aparentemente, saudável no dia 10/03, simplesmente, não acordou no dia seguinte.

Triste fim! Na lápide poderia estar entalhado: "Aqui jaz Marcelo, homem que trabalhou tanto para ser lembrado que terminou esquecido."

Na seqüência, a Loira Samantha, que à época dos eventos, estava na casa dos 27, auge da plenitude, levava uma vida muito, muito comportada. Desejava casar-se virgem, mas, por um acidente consentido acabou por presentear o primo de um vizinho. Isso não causou qualquer tipo de problema físico ou psicológico para ela. Aliás, ela era uma pessoa de bem com a vida. Carreira em marketing em estágio inicial, porém, estável. Falava 3 idiomas. Viajava o mundo. Família equilibrada. Sem problemas aparentes e em boas condições financeiras.

Havia, desde sempre, certa tensão sexual quando próxima de João. Então, 'sem ver-nem-pra quê', em um dos últimos encontros que participou, deixou de fingir que não entendia as insinuações e indiretas do amigo e decidiu se deixar levar.

O encontro ocorrerá na casa de Pedro, a família fora, viajando, de repente, levanta-se Samantha no meio do encontro e diz: "Pode ser a última vez que vejo o João. Não agüento mais. Vou transar com ele. Podemos usar um dos quartos Pedro?"

"Sim", diz visivelmente desconsertado.

Pedro vivia bem. Melhor financeiramente do grupo. Vivia em um Casarão moderno em conceito industrial, aberto. Isso contribuiu para o constrangimento geral. Transaram no quarto do térreo, produzindo muito som característico, gemidos, barulho, enquanto a Olga, por exemplo, comia uma lingüiça lambuzada em farofa, na sala.

Todos sabiam, mas, combinaram, desde sempre, jamais revelar nada que se passava entre eles nesses encontros. Era uma espécie de confraria ligada pelo renascimento.

Saíram do quarto, misto de cansaço e satisfação plena. Otávio olhou para Samantha e disse: "bonita, inteligente, determinada, você pode fazer o que quiser. Deste grupo, possui o maior potencial com mais chances de viver coisas que nunca sonhamos. Pode dominar o mundo até os 50."

Foi a última vez que viram a Samantha. Ela doou suas roupas, coleção de bolsas e sapatos. Renunciou eventual herança em favor da Igreja. Jogou fora uma cômoda de maquiagem. Colocou em uma mochila jeans puída, algumas camisetas, duas calças e se mudou para o interior do Estado onde nasceram seus pais. Enclausurou-se voluntariamente em um convento de freiras e morreu, aos 52 anos, após uma linda noite de vigília e oração. Ela escolheu assim. Trocou a vida material pela alimentação do espírito.

Quando se lembrou da numeração de sua placa, 12, Alfredo contava 50. Longe de ser rico, constituíra uma família pobre, mas, extremamente regrada. Não havia boletos sobre a mesa. A geladeira não parava vazia. Isso teve um alto custo para Alfredo, mãos grossas e machucadas. Passou sua juventude em trabalhos e bicos, tirou o diploma de suas duas princesas na marra, na raça. Era um puro sangue. Não desistia de nada, nunca. Fora uma ou outra bebedeira com os amigos, era um pai de família exemplar, tradicional, conservador.

Alfredo estava cansado e sabia que havia forçado, também ao máximo, sua querida companheira. Todo esse esforço e trabalho dele respingaram forte na esposa guerreira. Foram Rei e Rainha em tabuleiro de Xadrez, mas, afinal, conseguiram. As meninas estavam encaminhadas. Reuniu toda sua gente na sala e informou: "Eu e sua mãe vamos viajar".

Comprou um Motor home e saiu sem destino definido. Após o acidente, conseguiu antecipar sua aposentadoria, vendeu dois terrenos que possuía na cidade Natal, e, voltou para casa em pontuais circunstâncias. Casamento da filha 1, Casamento da filha 2, nascimento dos 3 netos, batizado do mais velho e deu. E deu? Sim, acabaram-se os 12 brilhantes anos de despedida do Alfredo do planeta terra.

Como ele morreu? Dormindo na confortável cama de seu Motor home.

Otávio não recuperou sua vida totalmente normal após o acidente. Era absolutamente regrado e tinha planejamento para tudo. Após o acidente, sofreu queimaduras, teve infecção hospitalar, sofreu pelo pânico de estar preso em um hospital. Tinha terríveis pesadelos com o acidente. Voltou diferente. Sofria de síndrome do pânico e ansiedade. Não conseguiu retomar o trabalho com o mesmo espírito e ímpeto de antes. Acabou tornando-se tão chato e rabugento que ninguém da família o suportava mais. Separou-se da mulher. Era o cidadão pré- acidente de vida mais regrada e previsível. Virou um solitário. Fora internado para tratamento da depressão. Passou seus últimos anos bebendo, fumando, praguejando e apostando em mesas de carteado. Passou a se auto-sabotar. Duvidada de sua data fatídica, começou a questionar se havia visto direito sua placa ou o que aconteceria se tentasse o suicídio, por exemplo.

Só por implicância, como se a vida fosse um simples lançar de dados, quando completara 69 anos, na manhã do dia 11/03, sentou-se na cama e atirou contra sua própria nuca. O tiro o acertou, mas, acabou resvalando devido ao coice do velho 38, fazendo-o, ao invés de morrer instantaneamente, vegetar em estado grave na UTI de um hospital até 11/03 do ano seguinte. Nem seu filho único foi lhe visitar, seu único contato com uma vida racional se dava nos poucos contatos que manteve com os sobreviventes '8 da Cabana'.

A Dona Olga já era idosa quando o acidente aconteceu. Não é fácil se reprogramar após 60 anos de vida. Mas, as páginas de seu livro estavam, pela primeira vez em sua vida, em branco pelos próximos 20 anos. Seu marido alcoólatra havia falecido, estava viúva. Seu filho mais problemático havia se regenerado, converteu-se e trabalhava como caixa na agência bancária do bairro. Seus outros filhos casaram-se e mudaram de cidade. Conhecia todos os vizinhos, mas, vivia sozinha do portão para dentro. Foi se livrando do peso extra pouco a pouco, doou o velho cão 'labrador retriever', deu duas gatas, mandou cimentar o quintal. Como em um ritual, foi cortando suas amarras e criando penas fortes em suas asas. Sonhava com roteiros religiosos. Visitou Nossa Senhora Aparecida, Madre Paulina, Fátima em Portugal e o Vaticano. Aprendeu italiano e trabalhou em estalagens modestas na Europa antes de retornar ao Brasil. Lúcida, jovial, ativa, morreu no quartinho especial da vovó na casa de um de seus netos. A propósito, segurava um Terço Bizantino de contas vermelhas em uma das mãos.

Pedro era um bem sucedido diretor financeiro. Faltava-lhe concretizar um grande sonho. Morar fora do país. Criou e aperfeiçoou meticuloso plano. Escolheu o país, a cidade. Abriu conta, transferiu pouco a pouco suas economias. Vendeu a bela casa, dividiu o dinheiro com sua esposa e filhos e se mudou, sozinho, para o Canadá. Casou-se novamente por lá com um amigo que fizera nos tempos de MBA em Ohio, EUA. Morreu tranquilamente, armário sem portas, roupas coloridas pelo chão, com seus sonhos realizados aos 83 anos de vida bem vivida, na província de Ontário.

Pedro e João se falavam constantemente por telefone. Mas, João, pouco a pouco, foi se tornando solitário, quer seja pela morte dos demais ou por não compartilhar a revelação integralmente. Era o único que sabia de tudo, mas, que não podia fazer nada quanto a si mesmo. Isso incomodava cruelmente João. Por que fora o único a não se lembrar da placa? Do que valia viver uma vida tendo certeza da anunciação de sua morte sem lembrar quando aconteceria?

Valeria mesmo a pena descobrir a data sob o risco de criar conflitos internos?

Além disso, João não era psicologicamente tão forte quanto Samantha. Após o coito animalesco que tiveram, voltou diferente para sua casa. Passou anos para esquecê-la e chegou a se convencer que não se lembrar da placa era um castigo antecipado pelos pecados que ainda iria cometer. Como se a vida proporcionasse uma conta corrente de atitudes e conseqüências, basta estar com saldo positivo para ser feliz.

Com o passar dos anos, conseguiu superar. Criou seus filhos e ajudou intensamente com os netos. Abriu uma empresa própria, criou filial, ficou irremediavelmente rico. Ajudou pessoas conhecidas e desconhecidas. Praticou filantropia com amor e dedicação quase profissional. Criou uma Fundação que denominou de "8 da Cabana". Era absolutamente amado e idolatrado no bairro onde crescera. Aproveitou seu tempo de vida e, ao decidir aposentar-se, retirou-se para seu amado sítio. Adivinhem o nome de seu sítio? Sítio Cabano do Vovô João.

De lá, acompanhou o tempo passar vagarosamente. Viu e participou, mesmo de longe, do evento morte dos companheiros do grupo.

Em uma bela tarde de fim de verão, a frondosa família e alguns amigos reuniu-se no sítio para lhe soprar velinhas. Fizeram seu bolo favorito de frutas, brigadeiro, cajuzinho, não possuía qualquer restrição alimentar.

"Viva o vovô João! Viva!" Afinal, 100 anos não é para qualquer um não. Ao cair da tarde, por volta das 18h, 'vô João' sentou-se na varanda sozinho. Brisa fresca que abraça nosso corpo. Contemplando ao longe a porteira da pequena fazenda, reparou um homem entrando. O homem caminhou longamente até parar em sua frente, estranhou não haver ouvido o latido dos perdigueiros que sempre encrespavam contra os estranhos.

Fitou o homem nos olhos, estremeceu. Era o mesmo rosto do gigante do sonho no hospital, só que disfarçado com uma estatura normal.

O homem sorriu, pegou sua mão e foram juntos, novamente, por entre flores, até o cume do monte visitado a mais de 50 anos antes.

No caminho, relembrou as flores, sentiu novamente os perfumes, reviu com o coração cheio de amor e surpresa a Aline, o Marcelo, a Samantha, o Alfredo, a Olga, o Pedro, o jovem senhor que esteve na viagem com João mesmo sem entrar no ônibus, como se estivessem todos vivos, exalando felicidade.

Retiraram a areia, pegaram a placa, João olhou nos olhos do homem e, imediatamente, para baixo para, finalmente, após tantos anos aplacar sua curiosidade e relembrar sua data.

Não havia números na placa, mas, apenas uma pequena frase de poucas letras.

A placa dizia: "agora, é hora de acordar-se!"

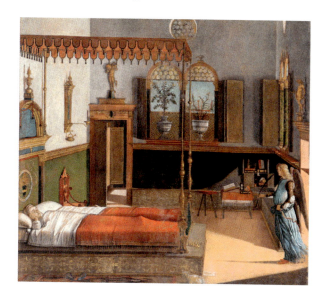

DREAM OF ST. URSULA,
têmpera sobre tela;
Carpaccio, Vittore; 1495.

Lista das obras utilizadas neste livro:

CAPA: RYTHME N°2 - Delaunay, Robert.
https://www.parismuseescollections.paris.fr/fr/musee-d-art-moderne/oeuvres/rythme-ndeg2-decoration-pour-le-salon-des-tuileries

ON THE BANK OF THE SEINE, BENNECOURT - Monet, Claude.
https://www.artic.edu/artworks/81539/on-the-bank-of-the-seine-bennecourt

THE ARTIST'S HOUSE AT ARGENTEUIL - Monet, Claude.
https://www.artic.edu/artworks/16554/the-artist-s-house-at-argenteuil

CLIFF WALK AT POURVILLE - Monet, Claude.
https://www.artic.edu/artworks/14620/cliff-walk-at-pourville

MAHANA NO ATUA (Day of the God) - Gauguin, Paul; .
https://www.artic.edu/artworks/27943/mahana-no-atua-day-of-the-god

SUNSET ON THE SEINE AT LAVACOURT, WINTER EFFECT - Claude Monet.
https://www.petitpalais.paris.fr/en/oeuvre/sunset-seine-lavacourt-winter-effect

TE BURAO (The Hibiscus Tree) - Gauguin, Paul.
https://www.artic.edu/artworks/8360/te-burao-the-hibiscus-tree

THE SCREAM - Munch, Edvard.
https://www.nasjonalmuseet.no/en/stories/explore-the-collection/edvard-munch-and-the-scream-in-the-national-museum/

LE RETOUR DE CHASSE DE DIANE - Boucher, François.
https://www.parismuseescollections.paris.fr/en/musee-cognacq-jay/oeuvres/le-repos-des-nymphes-au-retour-de-la-chasse-dit-le-retour-de-chasse-de

PORTRAIT DE JULIETTE RÉCAMIER - Gérard, François, baron.
https://www.parismuseescollections.paris.fr/en/musee-carnavalet/oeuvres/portrait-de-juliette-recamier-nee-bernard-1777-1849

DREAM OF ST. URSULA - Carpaccio, Vittore.
http://www.gallerieaccademia.it/en/dream-ursula

THE BEACH AT SAINTE-ADRESSE - Monet, Claude.
https://www.artic.edu/artworks/14598/the-beach-at-sainte-adresse

THE BEACH AT SAINTE-ADRESSE, pintura a óleo; Monet, Claude; 1867.

Made in the USA
Columbia, SC
03 June 2022